KB061801

별일 없어도 내일은
기분이 좋을 것 같아

별일 없어도 내일은 기분이 좋을 것 같아

초 판 1쇄 2022년 02월 17일

지은이 여이지
펴낸이 류종렬

펴낸곳 미다스북스
총괄실장 명상완
책임편집 이다경
책임진행 김가영, 신은서, 임종익, 박유진

등록 2001년 3월 21일 제2001-000040호
주소 서울시 마포구 양화로 133 서교타워 711호
전화 02) 322-7802~3
팩스 02) 6007-1845
블로그 http://blog.naver.com/midasbooks
전자주소 midasbooks@hanmail.net
페이스북 https://www.facebook.com/midasbooks425

ISBN 978-89-6637-339-0 03810

값 16,500원

미다스북스는 다음세대에게 필요한 지혜와 교양을 생각합니다.

다행이지

내가 좋아하는

많은 것들이

여전해서

별일 없어도 내일은 기분이 좋을 것 같아

여이지 지음

미다스북스

오늘보다 더 행복한 내일을 맞으시길

프롤로그

어릴 적 저희 동네에는 높은 건물이 없었어요. 동네에서 가장 높은 건 뒷산에 한 그루 있던 미루나무였지요.

어느 날, 미루나무에 무지개가 딱 걸렸어요. 그 무지개를 잡고 싶은데 나무 위에 올라갈 방법이 없더라구요. 나중에 어른이 되면, 키가 크면 꼭 잡아봐야지, 생각했어요.

저는 오랫동안 행복도 무지개 같은 거라고 여겼어요. 잡으려면 키가 더 커야 하고 꽤 많이 애쓰고 노력해야 하는 거라고요.

하지만 키가 한 뼘씩 더 커질수록 무지개도 한 뼘씩 더 멀어지더라구요. 조건이 붙은 행복은 제 손이 닿기 전에 또 다른 조건을 붙이며 달아나버린다는 걸 배우는 중입니다.

완벽해지려 애쓰기보다 조금 모자란 걸 인정하는 편이 행복하기 쉽다는 걸 이제는 알아요. 모두에게 사랑받으려 노력하기보다 정말 소중한 내 사람들에게 집중하는 편이 행복에 더 가깝다는 것도요.

남들처럼, 혹은 남들보다 더 많이 더 빨리해야 한다는 조바심이야말로 행복을 방해하는 가장 큰 훼방꾼이더라고요.

행복은 우리가 도달해야만 하는 목적지가 아니랍니다. 고개를 들어보세요. 여태 행복이라고 이름 붙이지 않았던 작고 귀여운 행복들이 재잘재잘 당신을 부르고 있을 걸요.

'여기 좀 봐. 나 쭉 여기 있었는데 왜 먼 데서 행복을 찾는 거야.'

하면서요.

당신이 먼 훗날 언젠가가 아니라 지금 바로 여기서 행복하셨으면 해요. 편의점에서 천 원짜리 아이스크림을 고르듯 '오늘은 어떤 행복을 맛볼까?' 하는 마음으로요.

이 책의 글들은 지난 2년간 제가 고른 아이스크림들이랍니다.

유난히 힘들었던 날 잠자리에 누워 스스로를 다독이며 쓴 글이고, 어려운 시간을 버티고 살아가게 해준 소중한 사람들을 떠올리며 쓴 글이고, 아무 일 없는 날에도 행복해지기 위해 주문을 걸듯 쓴 글이에요. 이 책이 제게 그랬듯 지친 당신의 마음을 따뜻하게 데워주기를 바랍니다.

오늘보다 더 행복한 내일을 맞으시길. 별일 없어도요.

목
차

프롤로그

1. 여전히 자라고 있어요

무지개 | 감기 | 덜 자란 아이 | 거짓말 | 여전히 자라고 있어 | 발자국 | 애쓰지 마요 | 딱 거기만 빼고 | 여행 | 좋은 사람 | 다행 | 숫자 | 답이 하나가 아닌 문제 | 경험의 차이 | 다시 시작 | 당연하지 않은 일상 | 살아갈 이유 | 이랬다저랬다 | 내 몫의 인생 | 내가 아는 세상 | 마음껏 | 어느 천재 과학자 이야기 | 마음의 미니멀리즘 | 로망 | 내가 선택한 삶 | 활짝 웃자 | 해결책 | 방학 | 면접 | 살아보지 못한 나이 | 앞만 보며 걷기 | 별 볼 일 없는 사람 | 바람 | 흰 크레파스

4. 천천히 오는 거야, 우리 밝은 날은

1

여전히 자라고 있어요

무지개

무지개에 닿을 수 있을 줄 알았어.

조금만 더 키가 크면,

조금만 더 높은 곳에 올라가면,

어른이 되어

키는 더 자랐고

딛고 오를 계단도 많아졌는데

여전히 무지개에 닿을 수 없는 건

하늘이 높아졌기 때문일까.

마음이 작아졌기 때문일까.

감기

목감기에 걸려 병원에 갔는데

의사선생님이 그러시는 거야.

"집이 건조했거나, 추웠나 봐요."

아니 그걸 누가 모르냐고.

너무 뻔한 이유잖아.

그러고 나오는데 웃음이 나왔어.

뻔한 이유라고 비웃으면서도

또 감기에 걸리고 말았잖아.

나만 이런 거 아니지?

알면서도 같은 실수 반복하고

해본 후회 또 하는 거,

다 그런 거지?

덜 자란 아이

어려서는 어른이 되는 게 두려웠다.

고장 난 선풍기를 고치고

전화요금을 내는 어른이 마냥 커 보였다.

어른이 되어보니

선풍기는 서비스센터에서 고쳐주고

전화요금은 자동이체로 빠져나간다.

두려웠던 것들이

사실은 별일 아니었다는 걸

이제는 안다.

그리고 또 하나,

그때는 마냥 커 보였던 어른들의 마음에도

아직 덜 자란 아이가 살아 숨 쉬며

진짜 두려운 것들은

밖으로 내보이지 않고 있었다는 것도.

거짓말

어른이 되면 다 안다더니,

살아봐서 하는 말이라더니,

다 거짓말.

오히려 더 모르겠다.

어른이 되어보니

재고 따지는 건 많아지고

선택지는 좁아지고.

이럴 줄 알았으면

어른들 말 듣지 말걸.

마음의 소리가 가장 잘 들리던 그때,

마음이 시키는 대로 한번 가볼걸.

여전히 자라고 있어

숨 돌릴 틈 없이 바쁘게 보낸

월요일

화요일

수요일

목요일

그리고 금요일

퇴근길 신발을 신다 보니

손톱이 일주일 치만큼 하얗게 돋아났다.

껑충 잘랐던 머리카락도

어느새 어깨에 닿을락 말락

이제 다 커버린 줄 알았는데

나, 여전히 자라고 있구나.

발자국

출근하면 제일 먼저 하는 일은

어제 작업한 파일의 복사본 만들기.

매일 조금씩의 작업이 더해졌을 뿐인데

한 달 전, 두 달 전과는 판이하게 다르다.

오늘 하루 몇 발자국 떼지 못했지만,

어떤 날은 오히려 뒷걸음질하겠지만,

그 작은 걸음이 쌓이고 쌓여

언젠가는 과거의 나보다 한 뼘 더 자라 있겠지.

세월의 흔적만 더해가는 얼굴 대신

생각과 삶을 기록해두어야지.

스스로 멈춰있다고 여겨질 때 들춰보고

보잘것없는 발자국은 없었다는 걸 깨닫게.

NHƯ TRUNG

애쓰지 마요

완벽해 보이려고 애쓰지 마요.

긴장의 끈을 살짝만 놓으면

실수하는 날이 더러 있겠지만

해결되는 날도 반드시 따라와요.

딱 거기만 빼고

청소를 한 직후에도

지저분한 데만 꼭 눈에 띄잖아요.

깨끗한 열 군데는 안 보이고

지저분한 딱 한 군데만요.

스스로가 형편없게 여겨진다면

조금만 떨어져서 보세요.

딱 거기만 빼고

다 괜찮을 거예요.

여행

내가 선택한 길이 반드시 정답일 필요 있나요.

인생은 시험문제가 아니잖아요.

애초에 정답 같은 건 없어요.

설사 지금 가는 길이 틀렸더라도

다른 길이 옳았었다고 누가 말할 수 있겠어요.

아직 가보지 않은 길이잖아요.

내 선택을 믿고 걸어갈 뿐이에요.

그러다 혹시라도 길을 잃으면

여행이었다고 생각하면 돼요.

가던 길을 되돌아와

설사 어제 그 자리에 있다 해도

오늘의 나는 어제의 나와는 다르잖아요.

1966
B.D CAFE
ひだか
コーヒー・軽食

アリア
代々木上原
じんじん
治療院
整骨院
文

좋은 사람

모두에게 좋은 사람일 수는 없죠.

누가 옳고 나빠서가 아니라

각자의 다른 입장과 상황 때문에

내가 주인공인 영화에서는

상대방이 악역이 되고

상대방이 주인공인 영화에서는

내가 악역이 되기도 하거든요.

적어도 내 영화의 관객들이

나를 충분히 이해한다면

좋은 사람 맞아요, 나.

다행

시간은 많은 걸 변하게 하지만

긴 시간이 흐르고도

여전히 그대로인 게 있어.

하늘

그리고 바다

철마다 피는 꽃

한 여름의 수박

울 엄마표 된장찌개.

다행이지,

내가 좋아하는 많은 것들이 여전해서.

숫자

나이를 잊고 살아.

날짜는 폰을 열어봐야 알고

시계는 점심시간과 퇴근시간에만 필요한 것.

어제의 내가 오늘의 나로

오늘의 내가 내일의 나로 이어지는 삶에서

순간순간에 매겨진 숫자 같은 건

그다지 중요한 게 아니더라구.

답이 하나가 아닌 문제

좋고 싫은 것

맞고 틀린 것

착한 사람과 나쁜 사람을

자로 재듯 정확히 나눌 수 있을까?

너한테는 좋은 게

나한테는 아닐 수 있잖아.

어제는 맞았던 것이

오늘은 틀릴 수도 있고.

세상에는 답이 하나가 아닌 문제도 있어.

아니 어쩌면

정답이 하나로 딱 떨어지는 문제는

시험지 안에만 존재하는 걸지도.

경험의 차이

못하는 게 아니라

아직 안 해본 거야.

능력의 차이가 아니라

경험의 차이야.

다시 시작

문을 닫아야 다시 열 수 있어요.

하루를 닫아야 새 하루가 열리고

끝을 마주해야 시작도 있어요.

당연하지 않은 일상

내일 아침 메뉴를 고민하다

문득 깨달은 거야.

스무 살 때까지는

아침 메뉴나 생활비 따위를

단 한 번도 고민한 적 없었다는 걸.

하지만 이제는 알거든.

내가 누린 일상이 결코

저절로 주어진 게 아니라는 걸.

세상에 당연히 얻어지는 건

아무것도 없다는 걸.

나 대신 날 위해 고민해준

누군가가 늘 곁에 있었다는 걸.

이제 내가 다른 누군가의

누군가가 되어줄 차례라는 걸.

살아갈 이유

아찔한 사고를 간발의 차이로 피하고

어디 하나 크게 다친 곳 없이 멀쩡한 걸 알았을 때

휴, 안도하면서

훗, 웃음이 나오더라구.

나 엄청 오래 살고 싶은가 보다 싶어서.

살 수 있어서,

오래 살아서 좋은 건 뭘까?

좋아하는 사람을 더 오래 볼 수 있다는 것

좋아하는 음식을 더 많이 먹을 수 있다는 것

좋아하는 곳에 더 자주 갈 수 있다는 것

좋아하는 일을 더 많이 할 수 있다는 것.

많구나.

오래 살아서 좋은 것.

그렇다면 잘 사는 건 그런 거겠네?

좋아하는 사람을 더 오래 만나고

좋아하는 음식을 더 많이 먹고

좋아하는 곳에 더 자주 가고

좋아하는 일을 미루지 않는 것.

그게 내가 오늘도 살아 있을 이유인 거네.

이랬다저랬다

이기적이다가도 이타적이고

현실적이다가도 이상적이고

머리로 결론내고도

마음에 또 휘둘리는 거.

그거 나만 그런 거 아니래.

머릿속에 좌뇌랑 우뇌가 있어서

둘 중 누가 이기느냐에 따라

이랬다저랬다 하는 거래.

내가 이상한 게 아니라

원래 다 그런 거래.

내 몫의 인생

정답이 없는 게 인생이라면

마음 가는 대로 살아봐도 될까?

옳고 그름을 따질 수 없다면

이것저것 잴 필요 뭐 있어.

마음 따라 걷다가 막다른 길 나오면

거기서부터 다시 시작해도 되겠지.

누구도 대신 채점할 수 없는

이건 내 몫의 인생이니까.

내가 아는 세상

대학 신입 시절 친구들과 시내에 가서

인도카레를 처음 먹었어.

그전까지 카레는 오뚜기가 전부인 줄 알았는데 말야.

졸업반일 때는 아르바이트 월급을 받은 기념으로

캘리포니아롤을 처음 맛보았지.

생긴 건 딱 김밥인데 그 맛이 얼마나 오묘하던지.

새로운 음식을 먹을 때마다

내가 아는 세상이 한 뼘씩 늘어난 것 같아서

어른이 된 것 같은 우쭐한 기분이 들곤 했어.

하지만 인도카레를 알게 된 후에도 종종 오뚜기 카레를 찾고

캘리포니아롤을 먹어보고도 여전히 김밥을 더 자주 먹거든.

단지 넓어진 것일 뿐 이전의 내 세상이 사라진 건 아니니까.

어른이 된 내 안에도 여전히 어린 내가 살고 있으니까.

마음껏

어릴 때는 눈 뜨고도 타던 롤러코스터를

언제부턴가 겁이 나서 못 타겠더라구.

그렇게 좋아하던 새콤달콤도

이제는 두세 개 씹다 보면 턱이 아프더라.

어른이 되면 뭐든 더 잘할 줄 알았는데

더 못하는 일이 벌써 둘이나 생겼잖아.

그러니까 할 수 있을 때 해야지.

좋아할 수 있을 때,

마음껏 좋아해야지.

어느 천재 과학자 이야기

옛날에 아주 똑똑한 과학자가 살았대.

어떤 발명품도 뚝딱 만들 수 있어서 사람들은 그를 천재 과학자라고 불렀대.

세계 각지에서 그를 찾는 발길이 끊이지 않아서 그는 연구실에만 틀어박혀 지냈어.

잠도 연구실에서 자고 밥도 연구실에서 먹고.

그러던 어느 날 그에게 불운이 닥쳤어.

연구에 너무 몰두한 나머지 시력을 잃기 시작한 거야.

병원에서는 당장 연구를 중단하라고 말했어. 계속 이런 식이면 앞을 볼 수 있는 시간은 3개월도 채 되지 않을 거라고 말이야.

천재 과학자는 이번이 마지막이라는 결심을 하고 새 발명품을 만들기 시작했어.

눈을 감고 있어도 사물의 모양을 판별해 뇌에 전달하는 기계였어.

천재 과학자는 발명에 몰두하느라 하루의 대부분을 어두운 연구실에서 보냈어.

마침내 3개월이 지났고 발명품은 완성됐어.

그 무렵 그에게 남아있던 마지막 빛도 사라졌어.

하지만 천재 과학자에게는 발명품이 있으니 걱정이 없었지.

그는 자신의 발명품을 머리에 쓰고 거리로 나왔어.

"이봐요. 내가 만든 발명품이에요. 눈을 감고도 세상을 볼 수 있다고요! 한번 써볼래요?"

천재 과학자가 지나가는 사람을 붙잡고 물었어.

"왜요? 세상은 눈을 뜨고 보면 되잖아요."

그때 어떤 생각이 그의 머리를 때렸어. 발명품의 마지막 테스트를 잊었다는 사실을 뒤늦게 깨달은 거야.

그 테스트는 발명품을 통해 보는 세상과 두 눈으로 보는 세상이 정말로 같은지 확인하는 것이었어. 발명품을 통해 보는 세상이 진짜와 다르다면 소용이 없는 거잖아.

하지만 때는 늦었어. 그는 이미 시력을 잃었고 일평생 연구에만 몰두한 그에게 남아 있는 세상의 기억은 하나도 없었거든.

마음의 미니멀리즘

화장대와 주방과 서랍을 비우듯

마음을 비워내기.

미련, 후회, 자책 같은

유통기한 지난 감정들 싹싹 긁어모아

깡그리 내다 버리기.

정말 내게 필요한 감정들이

머물 자리 만들어주기.

비울수록 더 행복해지는

마음의 미니멀리즘.

로망

정원이 보이는 벤치에 앉아

좋아하는 책을 읽는 상상을 해왔어.

그러다 오늘, 마침 여유가 생겨

달콤한 커피까지 한 잔 준비해 벤치로 나갔지.

책을 펼쳐 들고 5분쯤 있었나?

갑자기 모기들이 달려드는 거야.

손등에 앉은 녀석을 내쫓고 보니

종아리는 이미 세 군데나 물린 후였어.

내가 그렇게 만만해 보였는지

여전히 주위를 맴도는 녀석들에게

항복을 외치며 얼른 도망쳤지.

몇 달 전부터 꿈꿔온 로망이었는데

겨우 5분 만에 끝나고 말았어.

어쩌면 내가 꿈꾸는 미래도

그럴지 모르겠어.

그날이 오면 마냥 좋을 것 같고

세상을 다 얻은 듯 기쁠 것 같지만

거기도 지금은 알 수 없는

모기 같은 녀석들이 기다리고 있을지도.

힘들게 맞이한 그날에 난 또

5분 만에 항복을 외칠지도 모르지.

그래도 5분이라는 시간 동안

적어도 사진 한 장은 남았잖아?

정원과 벤치와 책과 커피가 있는

그리고 거기에 내가 있는.

생각하던 그림과는 달랐지만

아주 잠깐, 로망이 현실이 됐잖아.

그러니까 미리부터 겁내지 말고

계속 꿈꿔보면 어떨까?

모기 같은 녀석들이 달려들어서

도망칠 때 도망치더라도

로망이 현실이 되고

그 현실에 머무른 찰나의 기억이

훗날 오늘 찍은 사진을 들춰볼 때처럼

나를 웃게 할 수도 있으니까.

그리고 또 모르는 일이잖아?

그날 내 가방 속에는

초강력 모기약 같은 게 들어 있을지도.

Auch hier kein Hundeklo!

내가 선택한 삶

내가 먹은 짜장면 맛을 옆 사람에게 물어보나요?

어젯밤 그 숙소가 어땠는지는 내가 제일 잘 알잖아요.

내 인생은 내가 제일 잘 알아요.

남에게 판단할 기회를 주지 말아요.

내가 선택한 삶을 책임질 수 있으면 돼요.

내가 좋아하는 메뉴들로 채워나가면서요.

활짝 웃자

모든 예쁜 것들은

주름이 있어.

꽃에도 있고

리본에도 있고

반짝반짝 일렁이는

바다에도 있는 걸.

그러니까 너한테도

있는 게 당연한 거야.

겁내지 말고

활짝 웃자.

해결책

귀가 아파서 병원에 갔다가

의사선생님께 혼이 났어요.

콧물도 나고 목도 아팠을 텐데

왜 여태 참다 왔냐고요.

조금 참다 보면 괜찮을 줄 알았거든요.

이번만 넘기면 좋아질 줄 알았거든요.

미련하게 참는 사이

콧물이 목으로 귀로 흘러

노란 고름이 되었더라고요.

참는 건 해결책이 될 수 없어요.

문제를 키우기만 할 뿐이에요.

그러니 내가 먼저 들여다봐주세요.

더 아파지기 전에,

노란 고름으로 번지기 전에요.

방학

학교에 다닐 때는

방학이 있었잖아요.

매일 같은 일상이 반복되던 어느 날

예외 없이 찾아오던 쉼표 같은 방학.

덕분에 어린 시절의 우리는

지루함을 모르고 살았죠.

반복되는 일상

복잡해진 관계

늘어나는 책임과 의무에

나날이 지쳐가고 있다면,

다 내려놓고 싶고

새로 시작하기 두렵고

나를 둘러싼 모든 일이

귀찮고 버겁게 느껴진다면,

지금이야말로 우리에게

방학이 필요한 순간 아닐까요?

잠깐 멈추고 고개 들어봐요.

내 삶의 브레이크를 찾아봐요.

한 차례 방학이 지난다고

모든 상황이 달라지진 않겠지만

적어도 한 가지,

마음은 한결 가벼워질 거예요.

면접

면접을 준비하느라

서점에 들러 기출문제집을 보다가

문득 고개를 들었을 때

맞은편 남자분과 눈이 마주쳤어요.

하얀 뿌리가 드러나는 머리카락에

말끔한 정장을 갖춰 입은 남자,

딱 봐도 오십대는 되어 보이는데

나랑 같은 책을 보고 있는 거예요.

가슴에는 내가 면접을 앞둔

바로 그 회사의 로고가 달려 있고요.

며칠 후 면접장에서

그분을 다시 만났어요.

나는 면접 대상자로

그분은 면접관으로.

그날 그 면접은

내게만 어려운 건 아니었나봐요.

내가 잘 보이려 애써야 했던 그 자리는

내가 잘 보이고자 애쓴 그 사람들에게도

넘어야 할 과제이자 시험이었던 거예요.

내가 모범답안을 책 속에서 찾을 때

그들도 모범질문을 찾기 위해

책장을 넘기고 누군가에게 묻기도 했겠죠.

세상이 내게만 어려울 리 있겠어요.

모두가 나름의 방법으로 애쓰고 있어요.

그러니까 너무 주눅 들지 말라는 말이에요.

기운 내도 된다는 말이에요.

살아보지 못한 나이

가보지 못한 도시를 여행하는 것처럼

살아보지 못한 나이를 경험하는 것도

굉장히 멋지고 기대되는 일이에요.

어느 도시에서만 갈 수 있는 맛집처럼,

어느 때가 되어야만 알 수 있는

전에는 미처 몰랐던 재미들이 있거든요.

주 무대가 '여기'니까 여기서 즐거움을 찾는 거예요.

'지금'을 살고 있으니까 지금 행복하기로 마음먹는 거예요.

가장 오래 알아온 나니까 나부터 예쁘게 봐주는 거예요.

앞만 보며 걷기

앞만 보며 걷기.

뒤를 보며 걸으면

걸음이 삐딱해지니까.

별 볼 일 없는 사람

밤하늘의 별을 볼 일이 없는 사람.

삶에 부대끼고 지쳐서

하늘 한번 올려다볼 여유가 없는 사람.

적어도 하루 한번

고개 들어 하늘 보기.

앞만 보고 열심히 살다

별 볼 일 없는 사람

되긴 싫으니까.

바람

오늘은 참 힘이 없는 하루였거든.

볼일을 다 보고는 집까지 갈 힘이 하나도 남지 않았어.

근데 정신을 차리고 보니 어느새 집인 거야.

정말? 어떻게 왔는데?

내 발걸음이 너무 무거워 보였는지

바람이 뒤에서 밀어줬어.

흰 크레파스

애쓰고도 달라진 게 없어

무기력할 때가 있어.

흰 도화지에 흰 크레파스로

그린 그림처럼.

하지만 그거 알지?

다른 색으로 덧칠을 하면

흰 그림도 비로소 드러나잖아.

시간과 경험을 덧칠하다 보면

어느 날에는 드러날 거야.

지금 애쓴 시간이 결코

아무것도 아닌 게 아니었음이.

○

2

보석 같은 한 사람에게 가는 과정이에요

사랑은

사랑을 줘본 사람만이 알아요.

사랑은 받을 때보다 줄 때

더 행복하다는 걸.

받는 이에게 사랑은

딱 받은 만큼의 크기지만

주는 이에게 사랑은

넘치는 사랑을 모두 전할 방법이 없어서

추리고 추려서 가장 귀한 부분을 골라주고도

아직도 우주만큼 남아 있는 거거든요.

사랑은 주는 사람이 더 행복해요.

사랑을 주고 나면

받은 사람의 행복까지 더해져

사랑은 더 커져 있거든요.

일곱잎클로버

너는 내 일곱잎클로버.

널 만난 건 행운이고

너와 함께인 건 행복이니까.

너는 나의

일곱잎클로버.

네 생각

자 지금부터 생각을 멈춰보자.

잠깐,

생각하지 말라니까

또 생각을 하고 있네.

안되겠다.

생각을 돌돌 말아서

고무줄로 꽁꽁 묶은 다음

툭 던져버리자.

뭐야,

아직도 생각하고 있잖아.

고새 빈틈으로 스멀스멀 기어 나왔잖아.

안되겠다.

생각을 반으로 접어,

한 번 더 접어서 모서리를 꾹꾹 눌러.

완전히 접었겠지만 한 번만 더 접어.

자 이제 정말로 사라졌지?

이런,

또 생각을 해버렸네.

도대체 어디서 자꾸 나오는 거야.

이 끈질긴 생각들.

나오지 말라니까

더 바득바득 기어 나오고 있잖아.

에라 모르겠다.

그냥 계속 나오라 그래.

그러다 지치면 끝나겠지.

자꾸 네 생각나는 거.

발

난 여름에도 발이 차갑고

넌 겨울에도 발이 따뜻해.

우리 둘의 온도가 다른 건

오래전부터 계획된 것이었는지도.

오늘같이 우리 사이 찬바람이 도는 날

서로의 발을 핑계 삼아

살결을 맞닿게 하려는

신의 원대한 계획이 아닐까?

그런 의미에서

네 다리에 발 좀 올릴게.

거봐,

너도 내가 필요했잖아.

네가 있어서 기뻐

아무 일도 일어나지 않았는데도

그냥 네가 있다는 사실만으로 기뻐.

꼭 눈에 보이는 곳에 있지 않아도

네가 세상에 존재한다는 것만으로 기뻐.

기쁨의 크기가 어느 정도냐면

가슴 언저리에서 시작된 기쁨이

몸 안에서 점점 소용돌이치며 팽창하다가

더 이상 팽창할 수 없이 커져서

핑 한 방울 눈물로 터져 나올 만큼.

네가 있어서 그만큼 난 기뻐.

마지막이 너라서

늘 행복할 수는 없으니

모든 순간에서 얻는 행복의 총량에서

불행의 총량을 빼고도 여전히 행복이 남으면

나는 행복한 사람이라 생각하기로 했다.

고된 노동과 피로

맞지 않는 사람과 서로 다른 생각들

극도의 마이너스 상태에서 마주한 너.

그저 네 얼굴을 봤다는 사실 하나로

행복의 총량 같은 거 따질 겨를도 없이

그냥 행복해졌다.

하루의 아홉은 고단했지만

마지막 하나가 너라서

참 다행이야.

85kg

몸무게가 85kg이나 되는 어떤 사람이

나를 보면 힘이 난다고 말했다.

85kg이 움직이려면 엄청난 힘이 필요할 텐데

날 보는 것만으로도 힘이 난다니

나 대단한 사람인 거, 맞지?

네가 보고 싶다는 생각

새빨간 조끼를 선물 받았어.

네 것과 똑같은 조끼를.

같은 옷을 입으면 생각도 공유되는 걸까?

조끼를 입을 때마다 어떤 생각이 들어.

어디선가 너도 하고 있을 것 같은,

네가 보고 싶다는 생각이.

행복해지기 쉬운 날

굶주린 날에는

뭘 먹어도 맛있잖아.

다 식은 피자 도우마저도.

오늘은 왠지

행복해지기 쉬운 날 같아.

문틈으로 네 얼굴만 살짝 비쳐도

금방 행복해질 것 같거든.

별들의 대화 1

별1 : 지구인들은 좋겠다.

별2 : 뭐라고? 안 들려.

별1 : 지구인들은 다닥다닥 붙어 있으니 외롭지 않겠다고.

별2 : 바보. 우리가 지구에서 멀어서 그렇게 보이는 거야.

별1 : 뭐라고???

별2 : 멀리 떨어져서 보면 다 그렇게 보인다고. 사실은 지구인들도 외롭대.

별들의 대화 2

별1 : 그거 알아? 지구에서는 우리 둘이 친해 보인대.

별2 : 뭐라고? 더 크게 말해봐. 안 들려!

별1 : 지구에서 보면 너랑 내가 무지 가까워 보인다고!!!

별2 : 그래? 그럼...... 너 저쪽으로 좀 더 가.

별1 : 왜?

별2 : 외로워서 고개 들었는데 우리까지 다닥다닥 붙어 있으면,

얼마나 더 외롭겠어?

꽃

꽃을 사랑하는 할머니가 있었어.

비가 오면 젖을까 바람 불면 떨어질까

매일 물을 주고 추위를 막아주며

전전긍긍 꽃을 돌봤지.

어느 날 집에 어린 손녀가 놀러 왔어.

할머니가 잠깐 한눈판 사이

손녀는 마당에 핀 꽃을 꺾어버렸지.

꽃잎들은 연못에 동동 띄워졌어.

그걸 본 할머니, 화를 내기는커녕

남은 꽃도 몽땅 꺾어 아이에게 주었어.

아가, 이것도 마저 띄워보렴.

그동안 꽃을 돌본 이유가

오늘을 위해서이기라도 한 듯

할머니 행동에는 망설임이 없었지.

소중한 건 때로

더 소중한 무언가를 위해 희생되기도 해.

누군가 자신의 소중한 걸 주저 않고 내어준다면

네가 더 소중하다는 의미야.

너를

진심으로 사랑한다는 의미야.

인연

서로 잘 맞는 걸로만 치자면

마주앉은 이쪽보다 건너편 낯선 저쪽이 나을 수도 있지.

퍼즐처럼 일일이 맞춰보고 만든 인연이 아니니

서로 안 맞는 게 당연한 거야.

잘 맞는 부분은 잘 맞는 대로

튀어나온 데는 튀어나온 대로

구멍 난 부분은 비워두면 그만이야.

억지로 맞추느라 서로 힘들어 말자.

희박한 확률

"나한테 관심이 없는 것 같았어."

여자는 말했다.

"답장도 매번 늦고

만나서는 내내 딴생각하는 표정인 데다

가장 결정적인 건 뭔지 알아?

약속 장소를 여의도로 잡은 거야.

거기 우리 집에서 40분이나 걸리는데."

"완전 내 이상형이었어."

남자는 말했다.

"메시지 한번 보낼 때면 수십 번을 고쳐 쓰고

만나서는 떨려서 눈도 못 맞추겠더라구.

약속 장소? 일부러 그 사람 집에서 먼 데로 정했지.

집까지 바래다주면서 조금이라도 더 보려고.

나 잘한 거지?"

마음이 의도대로 전달될 확률은 얼마나 될까?

그 희박한 확률을 통과해 서로의 마음이 통했다면

그 마음 변질되지 않게 잘 지키기.

여름날 방치해둔 우유처럼 상해버리지 않게

마음이 꿈틀댈 때마다 곧장 상대에게 넣어주기.

로션

로션이 바닥을 드러낸 지가 한참인데

새로 주문하는 걸 깜빡한 거야.

버리려던 걸 다시 가져다가 꾹 눌러보니

찍- 하고 얼마큼 또 나오네?

다음날도 힘주어 눌러보니

어? 아직도 남아 있잖아?

그렇게 몇 번을 더 쓰고

다음날은 흔들어서 쓰고

또 다음날은 뚜껑 열어 바닥까지 훑고야

새 로션이 도착했어.

빈 로션통을 쓰레기통에 휙 버리면서도

아쉬운 마음 하나 들지 않는 건

바닥까지 열어보았기 때문이겠지.

미련 가져봐야 더 나올 것도 없다는 걸

두 눈으로 똑똑히 확인했기 때문일 거야.

마음도 그렇게 쓰려구.

괜히 찝찝하게 남겨두지 말고

바닥까지 박박 긁어 쓰려구.

나중에 더러운 쓰레기통 열어볼 일 없게.

손

내 손에 들린 게 너무 많아서

네 손 잡아줄 생각을 못했지.

누군가 내 것 하나만 들어주면

그때 잡아줘야지 했어.

그 누군가가 옆에 없다는 핑계로

끝내 잡아주지를 못했지.

차라리 네게라도 말할걸 그랬어.

이것 좀 대신 들어줄래?

그리고 남은 손 하나로

네 손 잡아줄걸.

그랬다면 지금 너,

내 옆에 있을까?

기억

사람을 살게 하는 건

따뜻한 기억 하나라고 해.

많은 걸 잃은 후에도

우리를 버티게 만드는 건

한때 우리가 머물렀던

어느 한순간의 기억이라고.

얼마나 다행인지 몰라.

미래를 단정할 수 없고

앞으로 다가올 어느 날에도

내가 네 곁에 있을지 장담할 수 없지만

적어도 그날의 너를 위해

지금 할 수 있는 일이 있다는 거니까.

그래서 오늘도 난

언젠가 너를 살게 할

따뜻한 기억 하나 선물하려고.

취향

양념치킨도 먹고

마늘치킨도 먹고

슈프림치킨도 먹다 보면

진짜 내 취향 알게 되잖아요.

역시 난 간장이야, 하면서요.

사람도 그래요.

이런 사람 저런 사람

정말 이상한 사람까지

만나고 부딪히다보면

진짜 내 사람 찾을 수 있어요.

그러니 지금 이 순간

너무 아쉬워 마요.

보석 같은 한 사람에게

가는 과정이에요.

오래오래

네 두 눈이 두리번거리다

마침내 날 발견하고

두리번거릴 이유를 잃어버린 듯

가만히 날 바라볼 때.

내가 여기에 있어

참 다행이라고 느껴.

네가 찾으면 언제든 닿을 거리에

오래오래 존재해야겠다고 결심해.

이렇게 넌 나를

계속 살고 싶게 만들어.

남은 말이 없어서

너한테는 정말 할 말이 없어.

자꾸 말하면 닳을까 봐

사랑한다는 말을 아껴두려니

정말이지 남은 말이 없어서

말없이 네 얼굴만 빤히 보게 돼.

3

참 어렵다, 좋은 사람 되기

쉬어가도 돼

어두워도 밝게 빛나는 사람

어두워야 밝게 빛나는 사람

네가 후자라서 다행이야.

밝거나 어둡거나 늘 빛나려면

금방 방전돼버릴걸?

모두가 자취를 감추는 어둠 속에서

비로소 넌 존재감을 드러낼 거잖아.

그러니까 지금은

남들이 밝힌 빛 가운데

좀 쉬어가도 돼.

주문

시간이 모두 해결해줄 거야,

슬픔의 한가운데서 듣는 이 말은

그다지 위로가 되어주지 못했다.

목적지를 아는 것만으로

여행이 끝나는 게 아니듯

시간이 일하게 하려 해도

결국은 내가 한 발 두 발 걸어 나와야 하니까.

그래도 시간은 마침내

나를 슬픔에서 건져주었고

이제 나는 슬픔에 빠져 허우적대는 사람에게

위로가 되지 못할 걸 알면서도 말한다.

시간이 모두 해결해줄 거야.

이건 위로라기보다 주문.

시간이 내게 그랬듯

당신을 슬픔에서 건져주기를,

하루빨리 그리해주기를 바라는 주문.

넌 요즘 괜찮아?

요즘 들어 되는 일이 없는 거야.

사소한 실수를 반복하고

사람들 눈치도 보게 되고

하루 종일 긴장한 탓인지

목과 어깨도 뻣뻣해진 상태로

우울한 날들을 보내고 있다고 했더니

당장 만나자고,

여기로 오겠다는 거야.

널 만날 생각에

샤워를 하고 예쁜 옷을 입고 화장을 하고

네 앞에서 쫑알쫑알

내 마음 털어놓는 상상을 하다

기분이 벌써 좋아져버렸지 뭐야?

조금 전까지

못 견딜 것처럼 힘들었는데.

그래서 말인데,

넌 요즘 괜찮아?

힘들게 하는 사람은 없고?

자 이제 나한테 다 털어놔봐.

네가 내게 그랬던 것처럼

네 마음에도 예쁜 옷 입혀주고 싶어.

선풍기

무지 더운 여름날이었고

난 갓 입사한 신입사원이었어.

선배들이랑 맥주집에 있는데

엄마에게 전화가 온 거야.

지금 자취방 앞이라고.

연락도 없이 왜 왔냐고 화를 내고

씩씩대며 집 앞으로 갔어.

땀에 젖은 엄마 손에는

포장된 선풍기가 들려 있었어.

그걸 보니 난 더 화가 나는 거야.

집 앞에 전자제품 가게가 있었거든.

무거운 선풍기를 들고

더위를 두 시간이나 지나 온 엄마는

내 얼굴을 보더니 한번 씩 웃고

저녁도 못 먹고 집으로 가셨어.

그런 엄마의 뒤통수에 대고 말했어.

앞으로는 불쑥 찾아오지 마.

올 거면 미리 연락이라도 주든가.

엄마가 알겠다고,

미안하다고 말하더라.

그날 밤 선풍기를 틀었는데

바람이 너무 시원한 거야.

너무 시원해서 눈물이 날 정도였어.

고맙다는 말을 들어야 할 순간에

오히려 상대방이 화를 낼 때가 있거든.

그럴 때면 그날의 나를 생각해.

너무 고마워서 고맙다 못 하는 거구나.

너무 미안해서 미안하다 못 하는 거구나.

그날의 나처럼.

알면서도 그냥 넘어가주는 거야.

그날 우리 엄마처럼.

단 한 번도

우리가 모든 문제를 낱낱이 겉으로 드러내지 않듯이

누군가는 괜히 어설픈 위로를 하게 될까

마음으로만 응원과 기도를 보태고 있을지 몰라.

그러니 혼자라는 생각에

스스로를 좁은 골목으로 몰아넣지는 말자.

처음부터 지금까지,

단 한 번도 너는 혼자였던 적이 없단다.

좋은 사람 되기

옆집 사는 엄마 친구에게 자랑할 거리를 안겨주는 딸,

매일 전화해 시시콜콜한 얘기도 빠짐없이 전하는 딸,

남편의 가려움을 먼저 알고 긁어주는 아내,

대충 벗어둔 양말도 모른 척 넘어가주는 아내,

부족함 없이 채워주는 엄마,

배가 고파도 네 입에 먼저 넣어주는 엄마,

상사가 시키는 대로 일 잘하는 회사원,

가끔은 시키는 것보다 더 해내는 회사원,

아플 땐 더 많이 아파해주는 친구,

기쁠 땐 더 많이 기뻐해주는 친구,

그리고 나에게도,

내 마음에도 귀 기울일 줄 아는 나,

아, 참 어렵다.

좋은 사람 되기.

예쁜 거짓말

거짓말에도 색깔이 있잖아.

"아프긴, 자다 일어나서 그렇지."

목구멍으로 올라오는 기침 삼키며

울 엄마 마음이 더 아플까 봐 하는

노란색 거짓말.

"하루 종일 보고 싶어서 아무것도 못했지."

살짝 부풀리면

함께 있지 못한 마음

더 채워줄 수 있을까 싶어 하는

분홍색 거짓말.

"잘했어. 그거면 충분해."

비록 이번은 아닐지라도

언젠가는 그런 날이 올 거니까, 미리 하는

초록색 거짓말.

우리 말들이 순도 백프로 진실로만 이뤄져 있다면

세상은 조금 덜 아름다울 거야.

가끔은 거짓말도 해야지.

칙칙하고 탁한 거짓말 말구

알록달록 예쁘고 투명한 거짓말만.

말

말이란 물감 같은 것.

도화지 위에 뿌려지고 나면

무엇으로도 다시 돌이킬 수 없는.

목구멍까지 차오른 말을

입속에서 굴리고 굴리고 또 굴리다

"미안."

네 입에서 나온 한마디에

역시나 참기를 잘했지.

하마터면 탁해질 뻔 했잖아.

너랑 나 사이.

가을에 핀 꽃

매해 봄에 피던 녀석이

웬일로 늦가을에 활짝 폈다고

엄마가 하얀 꽃 한 송이를 찍어 보냈다.

시린 흙 뚫고 나오느라 고생했네.

모두와 다른 선택을 하는 건

적잖은 용기가 필요한 일인데.

덕분에 울 엄마 마음에도

따뜻한 봄이 들어찼나 보다.

나 대신 울 엄마 마음 데워주려고

몸부림치며 일찍 나왔구나.

용기 내줘서 고마워.

네가 나보다 나아.

외로움을 극복하는 방법

살을 빼겠다고 마냥 굶을 수는 없는 것처럼

외로움을 극복하는 방법도

아무나 무작정 만나는 건 아닐 거예요.

일단 밖으로 나와요.

세상 구경하며 걷다 보면

외로움이 좀 잊힐 거예요.

(+ 살도 빠지고요.)

비교하지 말아요

나를 남과 비교하지 말아요.

내 단점은 속속들이 알고 있지만

남의 단점은 대부분 가려져 있잖아요.

애초에 공평할 수가 없어요.

그러니까 비교하지 말아요, 우리.

OPEN 낮 12:00
CLOSE 밤 01:00

나도 아니까

틀린 걸 알면서도 우기고 싶고

이해는 하면서도 인정하기 싫은

너 지금 그런 거잖아.

그냥 넘어가주는 거야.

나도 그런 기분 잘 아니까.

꽹과리

사람 없는 강변의 한적한 길에 차를 세우고

트렁크에서 꽹과리를 꺼냈다.

한번 신나게 두드리면 속이 후련해질 것 같았다.

소심하게 달그락달그락 시늉만 하다

어느 순간 흥이 올랐다.

따다다 따다다 따다다 다다

그때 저쪽에서 누군가 나타났다.

등에는 태극기를 두르고

자전거에는 주렁주렁 깡통을 매단 채

요상한 구호가 적힌 깃발을 든 아저씨.

딱 봐도 별종이었다.

아저씨가 날 보더니 씩 웃었다.

반갑다는 눈빛,

동지를 만나서 기쁘다는 눈빛으로.

나는 식겁하고 꽹과리를 내렸다.

난 그런 사람 아니거든요.

아저씨는 다 이해한다는 표정으로

또 한 번 씩 웃곤 유유히 사라졌다.

억울했다.

꽹과리 잠깐 두드린 걸로 날 별종 취급하다니

단지 그거 하나로 날 판단하다니.

그러다 할 말을 잃게 만든 마음의 소리

너도 그랬잖아.

잠깐 봐놓고 별종이라고 재단했잖아.

사람은 오후 두 시의 호수 같다.

여기서 보는 빛깔과 저기서 보는 빛깔이 다르다.

내가 보는 빛깔과 옆 사람이 보는 빛깔도 다르다.

방금은 주황빛이었는데 걷다 보면 어느새 하늘빛.

단호하게 선을 긋는 내게

씩 웃으시던 아저씨의 눈빛은

이런 메시지를 던지고 있었는지도 모른다.

사람들 시선 따위 별거 아니야.

난 그런 거 신경 안 쓴 지 오래다.

친구

내겐 예쁜 친구들이 참 많다.

마음이 예쁜 친구들이.

그 애들과 친구가 된 건

나 역시 마음이 예뻐서인 줄 알았다.

원래 사람은 끼리끼리 어울린다고 하니까.

그런데 요즘 들어 하나둘 보이는

내 안의 욕심, 고집, 이기심.

친구들에게는 이런 게 보이지 않았던 걸까.

아니면 내가 변했나.

어쩌면 이런 날 알고도

옆에 있어준 건지도 모르지.

마음이 예쁜 친구들이니까

날 그대로 받아주고 참아준 건지도.

고마워 얘들아.

고마워 마음도 예쁜

노을. 지현. 찬미. 나영. 가영. 정란. 유진아.

언제든

네게 내 아픔을 털어놓는 건

내게 네 아픔을 털어놔도 된다는 의미야.

네가 필요로 할 때

언제든 옆에 있어주겠다는 의미야.

열쇠

초보운전 스티커를 붙이고

비보호 좌회전 신호 앞에 서자

뒤차가 경적을 울리기 시작했다.

빵빵– 안 가고 뭐하는 거야!

타이밍을 잡지 못해 우물쭈물하다

마침내 핸들을 꺾었는데

이번에는 맞은편에서 더 큰 경적이 울렸다.

멀리 콩알만 하게 보이던 노란 스포츠카가

어느새 코앞까지 다가와 있었다.

화가 난 스포츠카는 방향을 틀었다.

차를 세울 수도 없는 일차선 도로에서

아주 바짝, 내 뒤를 쫓았다.

그러다 도로가 이차선으로 넓어지고

기다린 듯이 스포츠카가 옆으로 붙고

신호마저 빨강으로 바뀐 순간,

심장은 튀어나올 듯 콩콩콩.

경적을 울리며 쫓아오는 걸 봐서는

날 끌어내 멱살이라도 잡을 것 같았다.

마침내 스포츠카가 창문을 내리고

왠지 그래야 할 것 같아 나도 창문을 내렸다.

그리고 재빨리 고개를 숙였다.

죄송합니다!

제가 운전이 아직 서툴러요…

그 순간, 어쩔 줄 몰라 한 건 나만은 아니었다.

방금 전까지 씩씩대던 스포츠카 운전자가

뒤통수를 제대로 얻어맞은 표정으로 날 봤다.

전투를 위해 준비한 무기들이

한순간 무용지물이 되는 바람에

황당하고 허무해진 얼굴로.

신호가 다시 초록으로 바뀌자

남자는 무심히 창문을 올리고

오던 길을 돌아 유유히 사라졌다.

경적도 없이, 아주 평화롭게.

우리가 맞닥뜨리는

수많은 문제들 중 몇몇은

의외로 간단히 해결될지 모른다.

미안하다는 말, 잘못했다는 말,

고맙다, 수고했다는 말 한마디가

복잡한 문제를 해결해줄

가장 쉽고 빠른 열쇠인지도.

그러니까 오늘도

스마트폰만 챙기지 말고

혀 아래 꼭 챙겨두기.

복잡한 문제를 해결해줄 한마디 '열쇠'

그리고 열쇠가 잘 작동하게 도와줄 '진심'

남의 세상

다른 사람 의견에 맞서느라

괜히 열내지 말자구.

그 사람 의견은

그 사람 세상에 속한 거잖아.

안 그래도 바쁜 세상

남의 세상까지 휘젓느라

아까운 내 시간 낭비 말자.

ONSHIPS·WER E·
ILIBRIUM·TH EN
WOULD·DISS OLVE

뾰루지

목 뒤에 난 뾰루지가

내 눈에만 안 보이는 것처럼

숨긴다고 숨긴 뾰족한 마음을

남들은 이미 눈치챘을지 몰라.

그래도 아닌 척 해보는 거야.

시간이 흐르면 사라지는 뾰루지처럼

지나면 또 누그러지는 게 마음이니까.

한 가지 이유

단 한 가지 이유로

와르르 무너질 수 있는 게 사람이야.

단 한 가지 이유로

훌훌 털고 일어날 수 있는 것도 사람이고.

단정하지 말기

단점 하나로 나쁜 사람이라 단정하기 어렵듯

어쩌다 베푼 친절 하나로

좋은 사람이라고 섣불리 단정하지 말기.

자꾸 그러면

좋은 사람이라고 생각해버릴까 봐

작은 친절도 베풀기 주저하게 된단 말이야.

날파리

멀리서 보면 마냥 예쁘지.

가까이 다가서야 진짜가 보여.

잘 차려진 밥상 위 날파리 같은 것도

멀리서는 안 보이잖아?

남의 삶이 좋아 보이는 건

멀리서 보기 때문이야.

내 날파리들도 남들 눈에는 안 보여.

숨 쉴 공간

처음이 어렵지

내 상처가 얼마나 깊은지

눈 질끈 감고 딱 한번만 드러내면

다음부터는 훨씬 쉬워져.

내 모습 그대로 보여줄 수 있는 사람이

세상에 하나 생기는 거야.

눈치 보지 않고 마음껏 숨 쉴 공간이

그 사람 있는 자리만큼 생기는 거야.

한 가지

얼굴은 마스크로

온몸은 패딩으로 가려도

날 알아봐요.

나를 아는 사람들은

두 눈만 보고도

내가 누군지 알더라구요.

나를 증명하기 위해

모든 걸 보여줄 필요는 없어요.

나를 나이게 하는 한 가지

그거면 돼요.

유일한 선물

내가 준 만큼 받고 있는지

따지고 비교하기 시작하면

딱 그만큼만 얻을 수 있어요.

가끔 억울하고

손해 보기도 하겠지만

마음이 시키는 대로 살면

내가 준 것 이상으로

많은 걸 얻을 수 있고요.

자기밖에 모르는 한 사람 때문에

너무 속상해하지 마요.

그 사람 덕분에 나는 애쓰지 않아도

꽤 괜찮은 사람이 될 수 있어요.

내게 아무것도 줄 것 없는

이기적인 그 사람에게서

내가 받을 수 있는 유일한 선물이에요.

비교대상

어린 시절의 우리가

얼마나 대단했냐면요.

태어날 때는 초점도 못 맞추던 눈으로

어느 날 방긋 웃고

혼자 일어서지도 못하다가

어느 날 걷고, 또 뛰고

말을 하고 노래도 불렀대요.

그랬던 우리의 비교대상이

어제의 우리가 아닌 옆 사람이 되면서

평범한 사람이 되었다가

때로는 형편없는 사람이 되기도 해요.

스스로 걷고 뛰고 말을 배운

한때는 영재로 불리던 우리가 말이에요.

옆 사람 자꾸 보지 마세요.

옆 사람 말에 귀 기울이지도 말구요.

처음부터 우리의 비교대상은

나와 상관없는 옆 사람이 아니라

지난날의 우리였던 걸요.

각자의 지도

각자의 지도 위에서 각자 선택한 길을 가는데

비교가 무슨 의미 있을까요.

어쩌다 경로가 잠시 겹친 옆 사람보다

조금 더 먼저, 조금 더 늦게 가는 게

인생 전체를 놓고 봤을 때 무슨 의미가 있냐구요.

우린 서로 목적지가 다른 사람들인데.

옆 사람의 행복을 위한 기준을

내 인생에 갖다 붙이면

애초에 불행의 이유가 아니었던 것 때문에

불행해질 수도 있어요.

우리 삶을 끌고 나가야 하는 건 우리 자신이에요.

잘 지내

잘 지내?

음…

요즘은 딱히

웃을 일도 없고

몸은 늘 찌뿌듯하고

마음은 싱숭생숭하고

운이 따라주지도 않지만

그래도 지금 네 전화를

주저 않고 반갑게 받은 걸 보면

응. 잘 지내.

꽤 잘 지내고 있나 봐 요즘 나.

살아갈 이유

힘에 부쳐 모든 걸 내려놓고 싶은데

사랑하는 사람이 떠올라

버틸 수밖에 없었던 순간이 있지 않나요?

내가 사랑하는 사람들도

날 떠올리며 버티는 날이 있을 거예요.

서로가 서로에게

버틸 힘이 되어주면서

살아갈 이유가 되어주면서

그렇게 살아요 우리.

○

4

천천히 오는 거야, 우리 밝은 날은

다시 시작

술을 목구멍까지 차오르게 마시고도

정신을 차려보면 언제나 집이었다.

양말도 잊어버리고

주머니에는 새우깡 다섯 개

그래도 눈을 뜨면 내 방이었다.

최악의 하루를 보내고도

우리가 살아갈 수 있는 건

모든 하루에 끝이 있기 때문.

오늘은 망쳤지만

내일 다시 시작하면 그만이니까.

어제의 멘붕을 디폴트값으로 두고

포장을 벗긴 오늘 아침,

어때,

제법 살 만하지?

상상

행복하고 싶은 날에는

행복해지는 상상 대신

불행해지는 상상을 해봐.

맛없는 피자를 먹고

장염에 걸려 화장실을 열두 번씩 들락거리다

영양실조로 머리카락이 막 빠지기 시작하자

남자친구는 나랑 더 이상 만나기 싫대.

엎친 데 덮친 격으로 얼마 전 득템한 가방은

알고 보니 짝퉁이었던 거야.

할부기간이 5개월이나 남았는데.

상상만으로도 불행해지는 기분이라 여기까지만.

이제 하나씩 걷어내 보기.

지금 변기 대신 책상 앞에 앉아 있고

머리카락도 그대로.

득템한 가방은 없지만

대신 할부 빚도 같이 사라졌잖아?

어때?

행복에 좀 가까워졌니?

아직 멀었어?

그럼 좀 더 센 불행을 상상해볼까?

행복의 조건

인생에 변화를 가져올

중요한 결정을 앞둔 순간마다 두려웠던 이유는

지금 날 행복하게 하는 것들을 잃게 될까 봐.

하지만 삶의 모습이 변할 때마다

행복의 조건도 함께 변한다.

어제 날 행복하게 했던 것들이 사라졌어도

오늘 난 또 다른 이유들로

여전히 행복하고

더 많이 행복하다.

달리기

누구도 날 반기지 않는다고 생각하나요?

바람 부는 날 밖으로 나가봐요.

걷다가, 더 빠르게 걷다가,

아주 빠르게 달려봐요.

내가 다가가는 만큼

세상도 내게 다가오지 않나요?

멈춰 서서 숨 고르고 주위를 둘러봐요.

살랑살랑 팔 흔들며

길가에 흩어진 꽃, 풀, 나무들이

당신이 바라보기 전부터

당신을 향해 인사하고 있었을 거예요.

MUSÉE DE LA PUBLICITÉ

잠시만 이대로

불 꺼진 밤에는 꽃도 무섭다.

어둠 속에서는 원래 그렇다.

움츠러들고 겁이 나는 법.

하지만 아침이 오면

꽃은 생기를 되찾고

우린 용기를 되찾을 테니까.

지금은 잠시만 이대로 있자.

오늘의 운세

아침마다 엘리베이터를 타며 하는 주문

부디 딱 두 번만 멈추길!

정말 딱 두 번만 멈추면

와 오늘 왠지 일이 술술 풀릴 것 같아.

어쩌다 한 번만 멈추면

오늘은 운이 좋은 날인가 봐.

어쩌다 1층까지 직행하는 날엔

특별한 행운의 노크를 받은 것처럼 들뜬다.

매일 아침 혼자서 점쳐보는 오늘의 운세.

행복은 병렬

행복은 병렬.

행복의 조건은 무수히 많지만

그중 한 가지 조건만으로도

행복이라는 전구는 불을 밝힌다.

마음대로 되는 일이 많지 않지만

거기에 행복이 들어 있어 참 다행이다.

돈이나 사람도 행복을 가져다주지만

행복하기로 한 마음 하나로도

전구에 불을 밝힐 수는 있으니까.

내 마음이 선택한 오늘자 행복의 조건은

반가운 전화 한 통.

단 2분의 통화에 하루가 행복해졌다.

행복은 이렇듯 가볍고 쉽게 온다.

하루 하나씩

행복한 일들이 생겼으면 좋겠다.

내 마음에 불 밝힌 행복이라는 전구가

내내 꺼지지 않게.

우리 밝은 날

갑자기 어두워지면

눈앞이 깜깜하지.

근데 그거 알아?

갑자기 너무 밝아져도

눈앞은 깜깜해진다?

눈이 부셔서 감게 되거든.

그래서 천천히 오는 거야.

우리 밝은 날은.

어떤 하루

그거 아세요?

당신에게 주어진 오늘이

모두에게 당연히 주어지는 하루가

아니라는 사실.

당신이 누리는 지금 이 순간,

아무나 누릴 수 있는 건 아니라구요.

신호등

멀리서 신호등이 파란불로 바뀌면

마구 달리고 싶어진다.

빨간불로 바뀌기 전에

도로를 건널 수 있을 것만 같다.

아직 횡단보도까지는 한참이나 남았는데도.

기어이 달려가다 보면

신호등은 깜빡이기 시작하고

어느새 다시 빨간불.

격렬하게 요동치는

심장을 부여잡고 생각한다.

에이, 그냥 좀 기다릴걸.

무리하지 말기.

그만큼 아쉬움만 더할 테니까.

내게도 결국 차례는 온다.

겨우 조금 늦어질 뿐.

행복이 별건가요

떠올리는 것만으로도

입가에 미소를 짓게 되는

한 사람이 있다는 것.

어렴풋한 상상만으로도

금세 기분이 좋아지는

닿고 싶은 꿈이 있다는 것.

행복이 별건가요.

이게 다 행복이죠.

네 마음만 괜찮다면

특별한 이유가 있어서 잘 되는 게 아니듯

특별한 이유 없이도 안 되는 일이 있어.

네게서 실패의 이유를 찾지 말자.

결과가 네게 달려 있다는 부담을 내려놓자.

가고자 했던 그 길의 반대편에도

행복해질 방법은 얼마든지 있어.

네 마음만 괜찮다면.

세상은

휘몰아치다가 뜨거웠다가 외로웠다가 시리다가

혼자서 사계절을 다 겪고

마침내 잠잠해져서 겨우 밖으로 나왔는데

세상은 아무 일 없던 것처럼 마냥 평온하더라구.

조금 야속하긴 하더라.

그래도 다행이지 뭐야.

나만 제자리로 돌아오니 다 그대로잖아.

이제 아무 문제 없는 거잖아.

세상은 언제든 날 받아줄 준비를

하고 있었던 거잖아.

길치

내비를 켜고도 헤맬 정도로

심한 길치입니다만

시간이 얼마가 걸리든

목적지에는 늘 도착했거든요.

인생이라고 다르겠어요?

한두 번 헤매면 좀 어때요.

세상 모든 길은 다 이어져 있는데.

I go

아이고

힘들어도

I go

포기 안 해.

완전한 행복

아마도 내일,

발가락 하나만 부러져도

오늘이 얼마나 행복했는지

깨달을 거야.

그러니 오늘,

발가락 하나까지도 무사한

완전한 행복에

취해보려고.

꿈

하루가 너무 버거울 땐

현실을 '꿈'이라 생각하기로 해.

꿈에서는 아무리 힘들어도 견딜 수 있거든.

조금만 버티면

현실로 빠져나올 걸 아니까.

아침 아홉 시부터 저녁 여섯 시까지

딱 아홉 시간,

유난히 힘들었던 오늘 하루는

그냥 꿈이었던 걸로.

행복하지 못할 이유

비싸고 좋은 집에 사는

똑똑하고 착하고 예쁘기까지 한 네가

내 앞에서 한숨을 푹 내쉬었어.

미래가 너무 막막하다며.

그 순간 깨달았어.

먼 훗날 원하는 모든 걸 가져도

마냥 행복해지지는 않으리란 걸.

아직 손에 쥔 게 없다는 사실이

행복하지 못할 이유는 아니란 걸.

반드시

절망적인 고비에서는

이 고비를 지난 누군가의

이제는 괜찮아진 삶이

백 마디 말보다 큰 위로다.

이 고비를 지날

다음 사람을 위해서라도

잘 견뎌낼 거야.

반드시 해내고 말거야.

별것 아닌 일

이유를 설명하기는 어려운데

그냥 기분 좋아지는 순간들이 있잖아.

무심코 커튼을 들추다가

창틀 위로 사뿐히 내려앉던 눈송이와

눈이 딱 마주쳤을 때,

괜히 오늘 하루가 특별해진 것 같고

막 들뜨지 않아?

그런 일들이 많았으면 좋겠어.

계산기 두드려야 납득되는 좋은 일 말고

이유를 설명하기는 어렵더라도

그냥 기분이 좋아지는 별것 아닌 일.

기대

참 힘든 하루였어.

나도 아프고

너도 아프고

모든 상황이 복잡하게 꼬였던.

그래도 위로가 되는 건

이런 하루도 견디고 나면

내일은 훨씬 쉬울 거라는 기대.

공평

차곡차곡 쌓다 보면

어느새 꼭대기에 닿을 것 같지만

꼭 그렇지는 않더라구.

한눈팔지 않고 몰두한 일이

한순간 와르르 무너지기도 하고

때로는 별로 신경 쓰지 않던 일에

행운이 따라주기도 해.

너무 불공평하다고?

근데 공평한 것 같기도 하다?

결코 나만 이런 것 같지는 않거든.

행복은 거기서부터

좋은 사람이기로 마음먹은 순간부터

이미 좋은 사람인 거예요.

나쁜 사람은 그런 마음조차 안 먹거든요.

행복하기로 마음먹은 순간부터

이미 행복한 사람이 되는 거예요.

행복은 거기서부터 시작되거든요.

걱정 안 해도 돼

그런 희박한 확률의

불운에 당첨될 거였다면

진작 로또에라도 당첨됐겠지.

그런 적 단 한 번도 없었잖아.

그러니까 걱정 안 해도 돼.

손만 뻗으면

좋은 드라마나 영화를

때 놓쳐 못 본 걸 알았을 때

기분이 좋아지더라구요.

손만 뻗으면 바로 쥘 수 있는 행복이

또 하나 생긴 거잖아요.

비로소 깨닫는 행운

특별한 일이 일어나도 행운이지만

아무 일 없는 것도 행운이에요.

어떤 일이 생기고서야 비로소 깨닫는 행운.

벚꽃

여린 벚나무 가지마다

동그란 봉오리들이

금방이라도 터질 듯 맺혀 있네.

별일 없어도 내일은

기분이 좋을 것 같아.

걱정거리

온종일 떠오르는 걱정거리가 있다는 건

그보다 더 큰 걱정거리는 없다는 뜻이야.

그 한 가지 문제만 해결하고 나면

바로 행복해질 수 있다는 뜻이야.

좋은 일도 그렇게

나쁜 일처럼

좋은 일도 예고 없이 찾아와.

뭘 어떻게 해서가 아니라

어느 날 문득,

이유도 없이,

나쁜 일이 찾아온 것처럼

좋은 일도 그렇게 올 거야.

행복해지는 방법

아무도 손해 보지 않고도

모두가 행복해지는 방법이 있어.

엄마 품에 안긴 채 나와 눈 마주친

모르는 아이에게 활짝 웃어주기.

짐 많은 택배 기사님 대신

엘리베이터 버튼 눌러드리기.

다리 불편하신 할머니보다

한 걸음 뒤에서 길 건너기.

시작은 누군가를 위해서였지만

결국에는 내가 더 행복해지는

그런 일들이 있어.

특식

맛있는 저녁을 먹기로 예정된 날에는

점심 한 끼 정도 건너뛰고 싶지 않아?

맛있는 걸 뱃속에 더 많이 넣고 싶어서.

별일 없이 무료한 이 시간의 끝에도

특식 같은 신나는 일이 기다리고 있을지 몰라.

그러니까 조금 더 굶주려볼래.

뭐든 배고플 때 더 맛있는 법이니까.

보통날

보통사람인 우리에게

특별히 좋은 일이나 특별히 나쁜 일이

사는 동안 얼마나 자주 있겠어요?

대부분의 날들은 기억할 일도 없는 보통날이지.

그러니까 보통날에도 행복해야 해요.

그래야 내내 행복할 수 있어요.

소리 내어 웃기

별로 즐겁지 않은 순간에도

일부러 소리 내어 웃곤 해요.

힘든 운동도 꾸준히 하다 보면

근육이 생겨 더 쉬워지듯

자꾸 웃다 보면

더 즐거워질 것 같거든요.

행복의 가성비

예쁜 사람도

돈 많은 사람도

똑똑한 사람도

정말 많잖아요.

그들보다

더 예뻐지거나

더 부유해지거나

더 똑똑해지기는 어렵겠지만

그거 아세요?

그들만큼,

어쩌면 그들보다 더

행복해질 수는 있다는 거.

방법은 간단해요.

행복하다고 믿으면 돼요.

난 이미 행복한 사람이라

더 예뻐지거나

더 부유해지거나

더 똑똑해질 필요는 없다고

스스로 믿어주면 돼요.

조금 덜 예쁘고 덜 부유하고 덜 똑똑해도

난 충분히 행복한 사람이니까

가성비로 치면 내가 훨씬 낫다고요.

가끔은 웃을래

아무 일도 없으면

울 일이야 없겠지만

아무 일도 없으면

웃을 일도 없겠지.

가끔 울어도 괜찮으니

가끔은 웃을래.

행운의 유통기한

남자친구와 헤어지고

얼마 후 교통사고까지 나는 바람에

전에 없이 우울해하던 어느 날,

우연히 들른 백화점 경품 이벤트에서

무려 1등에 당첨된 거야!

상품은 80만 원짜리 가죽 시계.

너무나도 특별한 행운이었고

가죽 시계가 정말 예쁘기도 해서

서랍 깊숙이 꽁꽁 숨겨두었어.

운명처럼 소중한 사람이 나타나면

선물해야지 하면서.

7년이 지난 어느 날,

드디어 시계를 꺼낼 순간이 왔어.

내 특별한 행운을 나누고 싶은

정말 예쁜 사람을 만났거든.

꽁꽁 숨겨둔 상자를 조심스럽게 여는데

이게 무슨 일이야?

그때 그 시계가 아닌 거야.

테두리의 반짝임도 옅어지고

시곗줄은 금방이라도 끊어질 듯 해져 있었어.

행운에도 유통기한이 있나 봐.

행운은 가끔 조건 없이 찾아와주지만

그걸 언제까지나 누릴 수 있는 건 아닌가 봐.

그러니 날 찾아온 행운과 맞닥뜨렸다면

방치하지 말고 마음껏 누리기.

빛바래고 낡아버리기 전에

두 손 가득 움켜쥐고

충분히 만끽하기.

완벽하지 않아서

평범한 외모라서

천재가 아니어서

부자가 아니어서

다행이라고 생각해요.

성공을 위한 쉬운 조건을

처음부터 타고났다면

실패를 견디는 일이

더 어려웠을지 모르잖아요.

완벽하지 않은 우리라서

조금은 부족한 옵션들이

어느 날 꿈꾸던 자리에 닿은 우릴

더 빛나게 해줄지 모르잖아요.

행복을 연습 중

덜 맛있는 과일,

덜 재미난 영화,

덜 유명한 사람을

좋아해보려고요.

최고가 아니어도

충분히 행복한 삶을

연습 중이거든요.

행복의 문턱

가장 쉽게 행복해지는 법은

행복의 문턱을 낮추는 것.

누군가는 1억 원짜리 스포츠카에 행복해하고

누군가는 2백만 원짜리 명품 가방에 행복해하고

누군가는 12시간 거리의 스위스에서 행복을 찾을 때

집 앞 4천 원짜리 떡볶이 한 접시로 행복할 수 있다면

내가 가장 행복하기 유리한 사람인 거니까.

언제든 마음먹으면 닿을 수 있는 곳곳에

작은 행복들 심어두기.

아직 모르는 거예요

하늘빛이 너무 어두워서

당연히 저녁인 줄 알았어요.

하루가 문을 닫는 시간,

깜깜한 밤으로 치닫는 저녁이요.

내가 틀렸더라구요.

동트기 전 새벽이더라구요.

서서히 밝아오는 걸 보고서야

틀렸다는 걸 깨달았어요.

지금이 시작인지 끝인지는

지나봐야 알 수 있어요.

앞으로 더 어두워질 일만 남았는지

이제 곧 밝아질 차례인지는,

아직 모르는 거예요.

불편과 불행

산에 오를 때면

가방은 무겁고

다리는 아프고

숨이 턱까지 차올라

불편할 수 있어요.

불편을 불행과 혼동하지 마요.

산에 오르면 금방 잊힐

하나의 여정일 뿐이에요.

아, 살겠다

힘들 때가 더 많다고 느끼는 이유는

힘들지 않은 게 너무 당연해서,

특별하게 여겨지지 않기 때문이에요.

힘든 날 휴, 죽겠다 하듯

힘들지 않은 날에는

아, 살겠다

아, 행복하다, 해봐요.

꼽아보면 그런 날이 더 많을 걸요.

빈틈없이

결말이 뻔한 드라마도

한 장면 한 장면이 소중한데

한 치 앞을 모르는 우리 삶은

얼마나 더 소중하겠어요.

잠깐 한눈파는 사이

흘러가버릴 오늘,

되돌리기 버튼으로도

돌이킬 수 없을 오늘,

한순간도 놓치지 말고

빈틈없이 행복하자구요.